AF453142

VENTE APRÈS DÉCÈS

de M. le Baron La Caze

PARIS — MAI 1911

Succession de feu Monsieur le Baron La Caze

1° CATALOGUE DÉTAILLÉ

DES

BELLES TAPISSERIES ANCIENNES

DES GOBELINS : LES ENFANTS JARDINIERS

DE BRUXELLES, D'APRÈS LES CARTONS DE D. TENIERS

Et autres

PROVENANT DE

L'Hôtel du Défunt, à Paris, et de son Château du Chilleau (Deux-Sèvres)

ET DONT LA VENTE AUX ENCHÈRES PUBLIQUES AURA LIEU A PARIS

HOTEL DROUOT, Salles Nᵒˢ 5 & 6 réunies

LE LUNDI 22 MAI 1911, A QUATRE HEURES

EXPOSITION PARTICULIÈRE : *Le Samedi 20 Mai, de 1 heure 1/2 à 6 heures.*

EXPOSITIONS PUBLIQUES { *Le Dimanche 21 Mai, de 1 heure 1/2 à 6 heures.*
{ *Le Lundi 22 Mai, avant la Vente.*

2° CATALOGUE SOMMAIRE

DES

MEUBLES & SIEGES ANCIENS

ET DE STYLE

BRONZES D'AMEUBLEMENT — ORFÈVRERIE

TABLEAUX, OBJETS VARIÉS, TENTURES, ETC.

GARNISSANT L'HOTEL DU DÉFUNT, A PARIS, ET SON CHATEAU DU CHILLEAU (DEUX-SÈVRES)

ET DONT LA VENTE AUX ENCHÈRES PUBLIQUES AURA LIEU A PARIS

HOTEL DROUOT, SALLE N° 6

Les Mercredi 24 et Vendredi 26 Mai 1911, à deux heures

EXPOSITION PUBLIQUE : Le Mardi 23 Mai 1911, de 1 h. 1/2 à 6 heures

COMMISSAIRE-PRISEUR

Mᵉ LÉON ANDRÉ
3, rue de la Boétie

EXPERTS

MM. PAULME & B. LASQUIN Fils
10, rue Chauchat ¦ 11, rue Grange-Batelière

A PARIS

CONDITIONS DE LA VENTE

Elle sera faite au comptant.

Les adjudicataires paieront *dix pour cent* en sus des enchères.

L'exposition mettant le public à même de se rendre compte de l'état et de la nature des objets, aucune réclamation ne sera admise une fois l'adjudication prononcée.

Paris. — Imp. de l'Art, Ch. BERGER, 41, rue de la Victoire.

Iʳ

VENTE DU LUNDI 22 MAI 1911

SALLES Nˢ 5 & 6 RÉUNIES

A QUATRE HEURES

Tapisseries Anciennes

DÉSIGNATION

TAPISSERIES ANCIENNES

Tenture en ancienne tapisserie de la manufacture royale des Gobelins, du temps de la Régence, faisant partie de la suite dite : « LES ENFANTS JARDINIERS, d'après Le Brun et autres. »

1 — Tapisserie rectangulaire, représentant, dans un parc à perspectives de verdure et pièces d'eau, une composition de sept enfants, occupés à des travaux de jardinage. A gauche, l'un d'eux, porte deux arrosoirs; un autre taille un buisson de rosier, un troisième arrose des pavots. Au centre, un enfant debout, portant une pelle et un rateau; près de lui, un autre assis boit à une gourde. A droite, groupe de deux enfants se reposant et devisant assis au pied d'un cerisier. Bordure d'encadrement à enroulement de feuillages, fleurs et fruits.

Haut., 3 m. 18 cent.; larg., 4 m. 95 cent.

2 — Autre tapisserie de la même suite. Composition de neuf enfants groupés sur une terrasse, auprès d'une fontaine à effet d'eau, et occupés à des travaux divers. L'un bêchant, d'autres ratissant, etc. Vers la droite, un enfant portant une hotte de fleurs. Sur la terrasse, élevée de quelques marches, d'autres enfants portent un vase de pierre sur un brancard. Fond de paysage. Bordure d'encadrement semblable à la précédente.

Haut., 3 m. 20 cent.; larg., 5 m. 12 cent.

3 — Autre tapisserie de la même suite, représentant une composition de sept enfants et un chien dans un parc, à parterre fleuri. Les enfants sont occupés à couper des fleurs et cueillir des fruits. Vers la droite, un vase en faïence, chargé de pivoines et fleurs diverses. Fond de paysage boisé, collines et cours d'eau. Bordure semblable aux précédentes.

Haut., 3 m. 20 cent.; larg., 5 m. 08 cent.

Tenture en ancienne tapisserie de Bruxelles, d'après des cartons de TENIERS, du commencement du XVIIIe siècle.

4 — Grande tapisserie rectangulaire, offrant une composition à nombreux personnages, attablés ou dansant devant une auberge. Fond de paysage maritime. Bordure simulant un cadre à rinceaux, coquilles et fleurons, sur fond bleu.

Haut., 3 m. 35 cent.; larg., 5 m. 80 cent.

5 — Autre tapisserie de la même suite, représentant, dans un paysage, la traite des vaches; troupeau de mouton, et une femme récurant un chaudron. Vers la droite, deux paysans et un âne. Fond de collines boisées. Bordure semblable à la précédente.

Haut., 3 m. 40 cent.; larg., 3 m. 80 cent.

6 — Autre tapisserie de la même suite, représentant un paysage flamand, avec canal et patineurs, moulin à vent. Au premier plan, à gauche, une maison rustique, sous laquelle sont groupés, autour d'un feu de bois, des personnages. Vers la droite, un paysan conduisant deux cochons. Bordure semblable aux précédentes.

Haut., 3 m. 35 cent.; larg., 2 m. 75 cent.

7 — Tapisserie rectangulaire de la même suite, représentant un repas de chasseurs, devant une auberge. Fond de paysage avec cours d'eau et habitations. Bordure semblable aux précédentes.

Haut., 3 m. 40 cent.; larg., 3 m. 55 cent.

8 — Autre tapisserie rectangulaire de la même suite, représentant la Moisson, et des paysans dansant au son de la cornemuse, devant le porche d'une habitation. Fond de paysages avec village au bord d'un cours d'eau. Bordure semblable aux précédentes.

Haut., 3 m. 40 cent.; larg., 4 m. 55 cent.

9 — Petit fragment rectangulaire en ancienne tapisserie flamande, représentant le Retour de la
pêche. Commencement du XVIIIᵉ siècle.

Haut., 88 cent.; larg., 98 cent.

10 — Tapisserie rectangulaire de Bruxelles. Commencement du XVIIIᵉ siècle, représentant une
chasse au renard. Au premier plan : cavaliers,
chiens et piqueurs; fond de paysages, étang et
collines. Bordure simulant un cadre.

Haut., 3 m. 15 cent.; larg., 3 m. 30 cent.

11 — Tapisserie rectangulaire de Bruxelles, commencement du XVIIIᵉ siècle, de la même suite
que la précédente, représentant une chasse au
loup dans un paysage, avec étang. Fond de collines boisées. Même bordure que la précédente.

Haut., 3 m. 15 cent.; larg., 2 m. 55 cent.

12 — Panneau rectangulaire en ancienne tapisserie
d'Aubusson. Époque Louis XIV, à grand per-
sonnage debout devant un palais. Bordure d'encadrement, cariatides engainées, rinceaux, chutes
de fleurs et feuillages.

Haut., 2 m. 75 cent ; larg., 1 m. 50 cent.

N 10

2°

VENTE DES MERCREDI 24 & VENDREDI 26 MAI 1911

SALLE N° 6, à deux heures

MEUBLES — SIÈGES

BRONZES — ARGENTERIE

OBJETS VARIÉS

TABLEAUX — TENTURES

DÉSIGNATION SOMMAIRE

ARGENTERIE

1 — Paire de flambeaux. Argent ciselé. xviiiᵉ siècle.

2 — Paire de flambeaux, à canaux, en argent. Époque Louis XVI.

3 — Deux paires de flambeaux. Métal argenté.

4 — Paire de girandoles à deux lumières. Métal argenté.

5 — Bougeoir en argent.

6 — Plat ovale en argent.

7 — Plat rond en argent.

8 — Porte-huilier en argent. xviiiᵉ siècle.

9 — Poêlon en argent.

10 — Jetons en argent.

11 — Théière Louis XVI. Argent.

12 — Cinq plats ronds en argent.

13 — Crémier en argent.

14 — Louche en argent.

15 — Porte-huilier, moutardier. Argent.

16 — Lot en métal argenté : Six plats ronds et ovales, boîte à savon, porte-fleurs modern-style, etc., etc.

OBJETS DIVERS

TENTURES

17 — Deux peintures décoratives : Enfants et fleurs.

18 — Deux petites peintures fixées sous verre : Portraits d'homme et de femme. xviiie siècle.

19 — Tableaux anciens : Sujets religieux.

20 — Tableau par Louis Lalande : Chiens.

21 — Gravures anciennes et modernes : Chasses.

22 — Tableau par E. Michel : Paysage.

23 — Petit tableau : Nature morte. Cadre en bois doré.

24 — Sainte Anne et la Vierge. Groupe en bois sculpté.

25 — Tableau d'après Murillo : Le Pouilleux.

26 — Tableau ancien : Nature morte.

27 — Deux tableaux : Paysages.

28 — Marine, effet de soleil couchant. Signé : *A. Bandit, 1889.*

29 — Lot de faïences et porcelaines anciennes de Chine, Japon, Moustiers, etc. Groupes en ancien biscuit, etc.

30 — Vase-balustre en ancienne porcelaine de Chine bleu fouetté, monture bronze doré. Style Louis XV.

ÉTOFFES, TAPIS, ETC.

31 — Rideaux en damas rouge.

32 — Rideaux en panne.

33 — Rideaux divers.

34 — Tapis d'Aubusson, cinq cartonnières en tapisserie d'Aubusson moderne à fleurs sur fond rose.

35 — Grand tapis-moquette fond rouge à fleurs bleues.

BRONZES

36 — Paire de lampadaire en bronze dans des vases en cuivre.

37 — Paire de candélabres, style Louis XIV, modèle de Boulle.

38 — Paire de girandoles bouts de table, bronze doré. Style Louis XVI.

39 — Appliques en cuivre.

40 — Cartel en bronze. Style Louis XVI.

41 — Paire de chenets Louis XIV, en cuivre.

42 — Paire de candélabres, faits de vases, en porcelaine bleue, et monture de bronze.

43 — Pendule analogue et faisant garniture avec les candélabres précédents.

44 à 46 — Trois paires d'appliques, dont deux en métal bleui et bronze doré.

47 — Paires de flambeaux Empire et autres.

48 — Garniture de cheminée en bronze : Vase et enfants.

49 — Paire de chenets Louis XVI, en bronze.

50 — Pendule Empire, en bronze.

51 — Pendule à colonnes. Restauration.

52 — Petite pendule Louis XVI, marbre et bronze.

53 — Paire de flambeaux-trépieds Louis XVI, marbre blanc et bronze doré.

54 — Paire de petits chenets en bronze. Époque Régence.

55 — Pendule à colonnes en marqueterie.

56 — Paires de flambeaux, bronze, cuivre et métal argenté.

57 — Paire de torchères en bronze doré à six lumières électriques, sur socles gaines en marbre.

58 — Statuette d'Henri IV enfant, en bronze patiné, de *Barbedienne*.

59 — Importante garniture de cheminée en bronze doré, de la *Maison Barbedienne*. Style Louis XVI.

60 — Grand lustre à trente-six lumières électriques en bronze doré et cristaux. Style XVIII° siècle.

61 — Statuette de chasseur à cheval, bronze patiné, de *P.-J. Mène*.

62 — Groupe de deux chevaux, bronze patiné, de *P.-J. Mène*.

63 — Grand vase en bronze patiné, de *Henri Plé*.

64 — Petit lustre électrique en bronze et cristaux. Style Louis XVI.

65 — Andromède liée sur un rocher, bronze patiné. Signé : *Vittoz, bronzier à Paris*.

MEUBLES

66 — Important meuble-cabinet en bois d'ébène
sculpté : il ouvre à deux portes à sujets
mythologiques et cinq tiroirs extérieurs avec
frises de rinceaux ; à l'intérieur quatorze tiroirs
et deux petites portes, lesquelles dissimulent
environ dix tiroirs et une perspective en marqueterie de bois de couleurs. Il repose sur une
console à huit pieds et tablette d'entrejambe.
xvi° siècle.

67 — Commode, forme demi-lune, en marqueterie
de bois de rose ; dessus de marbre. Époque
Louis XVI.

68 — Petite crédence en bois sculpté.

69 à 72 — Quatre lits en bois sculpté peint. Époque
Louis XV et Louis XVI.

73 — Lit en bois sculpté, à colonnes, garni d'ancien
damas, avec rideaux de soie verte. Époque
Louis XVI.

74 — Console en bois sculpté peint ; dessus de
marbre porthor.

75 — Commode Louis XVI en acajou mouluré ;
dessus de marbre.

76 — Secrétaire et commode Empire, acajou et
bronzes.

N.º 66

77 — Deux bibliothèques en bois sculpté.

78-79 — Deux commodes en bois sculpté et bronzes.

80 — Lit Empire à bustes de femmes et pieds-griffes.

81 à 84 — Quatre commodes en marqueterie de bois de couleurs et dessus de marbre, grandeurs variées. Époque Louis XVI.

85 — Coffre en bois sculpté.

86 — Glace Louis XIV en bois doré.

87 — Armoire en noyer mouluré.

88 — Table-console en bois doré; dessus de velours.

89 — Vitrine en bois doré.

90 — Grande glace en bois doré; décor de draperies, enfants et rocailles.

91 — Petite table en acajou et dessus de marbre. Époque Louis XVI.

92 — Banquette en bois sculpté. Époque Louis XVI.

93 — Beau lit Louis XVI, en bois doré, avec ciel de lit et garniture d'ancien lampas à fond cerise.

94 — Cabinet en laque Louis XIV, à tiroirs, sur pied-support.

95 — Commode Louis XV en bois sculpté.

96 — Vitrine en noyer.

97 — Petite vitrine en bois sculpté.

98 — Armoire à deux portes et un tiroir.

99 — Grande commode Louis XVI, à cinq tiroirs ; dessus de marbre.

100 — Console en bois sculpté doré à croisillons, décor de feuillages et quadrillé ; dessus de marbre. Époque Louis XIV.

101 — Deux consoles en bois sculpté doré ; dessus de marbre. Époque Louis XV.

102 — Paire de torchères en bois sculpté doré.

103 — Paire de lampadaires électriques, à cinq lumières. Statuettes d'enfants sur colonnes enguirlandées en bois sculpté, peint et doré.

104 — Gaine en bois sculpté peint.

105 — Bureau plat, style Louis XV, en bois de placage, orné de bronzes dorés.

106 — Grande glace, cadre en bois sculpté doré.

107 — Guéridon rond à colonnes en bois sculpté, bagues de cuivre et dessus de marbre. Époque Empire.

108 — Meuble à deux portes en bois sculpté.

109 — Petite vitrine en bois doré.

110 — Miroir avec cadre en bois sculpté. Époque
Louis XIII.

111 — Bureau en chêne avec cuivres et écritoire en
marqueterie.

112 — Tables à jeu.

113 — Billard et accessoires.

114 — Buffet à deux corps, Louis XIV, en bois
sculpté.

115 — Guéridon en marqueterie.

116 — Meuble d'entre-deux, à côtés arrondis, en
marqueterie, orné de bronzes ; dessus de marbre
blanc. Style Louis XVI.

117 — Console à côtés arrondis en acajou, ornée de
bronze, tablette d'entrejambe et dessus de
marbre blanc à galerie de cuivre. Époque
Louis XVI.

118 — Toilette en acajou avec glace psyché. Époque
Empire.

119 — Armoire à deux portes pleines en acajou.
Époque Louis XVI.

120 à 123 — Quatre tables Louis XIII en noyer, à
pieds tors et traverses d'entrejambe, dont une
avec dessus en carreaux de faïence.

124 — Importante desserte en noyer sculpté, avec panneaux anciens du xviie siècle, surmontée d'une très grande glace.

125 — Horloge avec boîte en chêne sculpté. Époque Louis XVI.

126 — Beau bureau plat en marqueterie, orné de bronzes dorés. Style Louis XV.

127 — Petite table en chêne finement sculpté. Style Louis XIII.

SIÈGES

128 — Deux grandes bergères en bois sculpté peint, à accotoirs, forme consoles à volutes, et décor de feuillages, lauriers, rais de cœur et panaches. Garniture de soie cerise, brochée blanc. Elles portent l'estampille de *G. Leclerc*. Époque Louis XVI.

Larg., 72 cent.

129 — Très grande bergère Louis XVI.

130 — Petite chaise longue Louis XVI, dossier à médaillon.

131 — Cinq fauteuils divers.

132 — Deux canapés bois tourné et panne.

133 — Canapé et quatre fauteuils Louis XVI, bois peint noir et dorure.

N. 128

131 — Chaise Louis XV, bois sculpté.

135 — Fauteuil Louis XV, bois peint.

136 — Grande bergère Louis XV, bois peint et doré.
Signée : *Cresson*.

137 — Bergère Louis XV, bois peint et doré.

138 — Ameublement de salon en bois doré, recouvert en damas rouge.

139 — Fauteuil du XVIIe siècle, en bois sculpté, couvert en velours.

140 — Grand fauteuil Louis XIII, avec bande de tapisserie au point.

141 — Bout de chaise-longue Louis XV.

142 — Chaise Renaissance à pieds-colonnettes.

143 — Écran Louis XIII, avec feuille en tapisserie au point.

144 — Ameublement couvert en panne.

145 — Fauteuils Louis XVI, en bois sculpté, peint et doré.

146 — Autres fauteuils Louis XVI, en bois naturel.

147 — Six chaises et un fauteuil garnis de cuir.

148 — Chaises Louis XIII, en bois, peintes en rouge.

149 — Quatre fauteuils cannés, Louis XV, en bois
sculpté.

150 — Quinze chaises et six tabourets. Style Louis
XIII, couverts en panne.

151 — Nombreux fauteuils variés.

152 — Mobilier courant.

153 — Objets non catalogués.